Luz inasible

Poemas

Oscar de León Silverio

Santiago, República Dominicana

Febrero 2024

Dedicado al:

**Historiador
Alfredo Rafael Hernández Figueroa**

OSCAR SILVERIO UN POETA INMENSO

Cuando se trata de lo inmenso como categoría estética en la poesía dominicana, hay que pensar en Oscar Silverio. A mi juicio, sus obras literarias se pueden catalogar entre las más importantes del movimiento interiorista.

El interiorismo como movimiento literario expresa el impacto de lo real en la conciencia, la dimensión metafísica de la experiencia y la belleza sutil que subyace en la belleza trascendente. Todo esto a través de tres formas de experimentar el fenómeno artístico que constituyen el cuerpo conceptual del movimiento interiorista: el mito, la metafísica y la mística.

Dentro de estas vertientes, la obra de Oscar Silverio alcanza un desarrollo paradigmático. Son muchos los aspectos que se pueden estudiar a través de su mundo poético, pero para este breve estudio nos referiremos a un aspecto que muchos poetas no han logrado expresar en su decir poético: la categoría estética de "lo inmenso".

Lo que caracteriza a un gran escritor son sus aportes estéticos, en los que se encuentran hallazgos distintivos con relación a otros escritores. Una de las claves de la originalidad de Oscar Silverio está en esta categoría.

La categoría estética de "lo inmenso" se manifiesta de diversas formas en los poemas del autor. Esta categoría se refiere a la exploración de conceptos vastos, tanto físicos como metafísicos, que evocan una sensación de grandeza, profundidad y amplitud.

En el poemario "Luz Inasible", poeta utiliza imágenes y metáforas para transmitir la expansión del espíritu y la conexión con dimensiones más amplias de la existencia. Por ejemplo, en "La luz de raudo pulsar", sugiere una fuerza cósmica que refleja la expansión espiritual y la búsqueda de significados más allá de lo terrenal. En su discurrir poético alude a la idea de lo infinito y lo eterno, creando una sensación de lo inmenso. En "Intangible Costa", la mención de "eternidad" y el viaje hacia lo firme en el vuelo planetario sugiere una experiencia que trasciende los límites del tiempo y el espacio. Así mismo su poesía es una clara revelación de la conexión con lo divido.

Los poemas contenidos en este poemario exploran igualmente, la relación entre la humanidad y la vastedad del universo, como en "La faz de la tierra es el emblema de Dios / Elevada a los altos propósitos en la ruptura con lo visible". Aquí, la referencia a "Dios" y la conexión con lo divino aportan una dimensión trascendente.

Estamos ante un poeta que explora emociones profundas y expansivas al igual que emociones que nos sumergen en lo misterioso y lo desconocido. Los poemas proponen que hay aspectos del mundo y de la existencia que trascienden la razón humana, y esto aporta una sensación de grandeza y enigma.

La poesía de Oscar Silverio constituye una experiencia artística única y evocadora. Las categorías estéticas que utiliza se manifiestan a través de su elección de palabras, imágenes, estructura y estilo. Lo trascendental y lo terrenal, se convierten en imágenes y símbolos de la naturaleza y el mundo material que al mismo tiempo le sirven para explorar conceptos espirituales, metafísicos y místicos. Esta interconexión entre lo divino y lo tangible añade profundidad y misterio a sus versos, ayudándonos apreciar la alegría que surge de su lirismo.

El lirismo en Oscar Silverio no es cosa común, pues su poesía nos ofrece un lirismo desbordante. El lirismo desbordante se puede manifestar de diversas formas. El lirismo desbordante es una expresión literaria que, en el poeta, se caracteriza por la intensidad de los sentimientos y emociones expresados. Con lo que logra situaciones o experiencias que generan un gran impacto emocional en el lector.

En este poemario, el poeta expresa la belleza lirica de diversas maneras, entre las que destacándose el uso del lenguaje poético: Oscar Silverio utiliza un lenguaje poético rico que evocan a pesar de su empeño en el tema de la muerte sus poemas también pone de manifiesto la belleza de la naturaleza, el amor, la espiritualidad y la vida misma. Por ejemplo, en el poema "Bendecida mi recorrido", la luz es descrita como "la muda naturaleza intangible", que "beneficia" al poeta y le "devuelve la cordura". Y como todo gran poeta explora temas universales que son fundamentales para la experiencia humana, como la búsqueda de la felicidad, el significado de la vida, de la muerte, de la vida eterna y la conexión con lo divino. Estos temas son abordados de una manera profunda y reflexiva, que invita al lector a reflexionar sobre su propia existencia.

Su creación conforma un mundo poético propio, que es a la vez real y fantástico. Este mundo está lleno de belleza, misterio y magia, y atrae al lector a adentrarse en él. Por ejemplo, en el poema "Cauto entresijo", el poeta describe un mundo natural que es a la vez exuberante y delicado.

En general, el poemario de Oscar Silverio es una obra hermosa y conmovedora, que explora la belleza de la vida y de la muerte no como algo trágicos sino como una realidad que nos abre las puertas a otras formas de existir más bellas y expectantes.

El equilibrio que su poesía logra pasando de lo complejo a lo simple también juegan un papel excelente. Y no podemos dejar de mencionar el alto valor simbolito de su poesía el "raudo pulsar" puede representar el ritmo acelerado de la vida, mientras que "la intangible costa" podría simbolizar lo desconocido o lo inexplorado.

Por lo tanto, el nivel de creatividad e imaginación es incuestionable. El poeta muestra un nivel notable de creatividad e imaginación al entrelazar conceptos abstractos con imágenes concretas, utilizando símbolos y metáforas magníficos para expresar ideas espirituales y emocionales. La forma en que transforma elementos naturales en símbolos de lo divino y cómo aborda temas como la muerte, el amor y la trascendencia revela su capacidad para crear un mundo poético notable para la poesía dominicana.

Otro aspecto, no menos importante y que alcanza notoriedad en su poesía es el dominio técnico, el poeta muestra un buen manejo de la lengua y de las figuras retóricas. Su uso de metáforas, analogías y símbolos es efectivo para transmitir sus ideas y emociones de manera sugestiva. Además, su habilidad para jugar con el ritmo y la estructura en cada poema contribuye a la atmósfera lírica y reflexiva que caracteriza su estilo.

Para mí es un poeta universal en cuya visión del mundo prevalece la espiritualidad, la conexión con lo trascendental y la búsqueda de significados existenciales, demostrando un nivel sólido de creatividad, imaginación y demostrando también su destreza técnica, con templado dominio de la forma poética aspecto distintivo de su escritura y de todo gran poeta.

Yky Tejada. Arquitecto y poeta.

BENDICE EL RECORRIDO

Despojada la sangre del desenfreno

soy libre de la furia y sus muros.

Orondo del éxtasis divino

desdoro las pupilas

complacido en las ilusiones.

La luz bendice mi recorrido

hacia la morada mojada y sencilla.

Siervo de la soledad.

¿Pues, cuál es el desatino?

Clérigo de la irreal temporalidad

mi ser contrariado por el abatimiento

recibe la cordura y el perfume

de la muda naturaleza intangible

desde el trono de los signos.

CAUTO ENTRESIJO

Oronda es la vida en el cauto

entresijo de la carne

oronda la lágrima vertical

humedeciendo mi delirio y superficie.

Cuadrumano: para qué tanto

pavoneo en el diluvio.

Cabrero: me disuaden

dos buches de agua en el origen.

Oronda es la vida con el tacto

apreciado en el rocío

sin saber dónde el instante

se hace oscuro.

Oronda el alma henchida

por el divinal baladro de las nubes.

ALMA CORRESPONDIDA

Estoy de buena tinta:

igualdad y justicia apaciguan el espacio

ningún punto es primero en el círculo.

Un lejano asedio destierra a lo inefable

prófugo encuentro el camino

no hay malezas ni copiosas espinas

cuando el ser navega hacia la luz

tras el alma correspondida.

Nada descarrila la muerte

salvo la materia y su estatura.

RAUDO PULSAR

La luz de raudo pulsar

recrea la mágica correría del ser

en la confabulación inasible.

Oh espacio, rubrica estos nombres

dormidos los abrojos corporales

menos distantes los enigmas.

La faz de la tierra es el emblema de Dios

elevada a los altos propósitos

en la ruptura con lo visible.

El amor no deja constancia

cuando discurre anónimo.

Del caos humano se nutre lo mortal.

INTANGIBLE COSTA

En el origen imperdible
el vuelo planetario eleva hacia lo firme.
Sobre la divina planicie la muerte
no rompe vínculos.
Solo ondea la bandera sutil y el escudo
contra todo maleficio.
Todos sois la luz del mundo cuando
la venganza apaga el cirio.
El porvenir consiste en embarazar
los surcos con la pulcra vendimia de Dios.
La santa luz del alba redime los gemidos.
Oh santa luz, fecunda este nido
exorciza la tierra maculada
por el peciolo triste de las intrigas.
Guíame por los altos estímulos
y escucharé el trino lejano

que suelta su atributo

impulsado por el soplo de la intangible costa.

DIVINA AURORA

Y silbo, silbo, callar no es permanecer
en silencio ante lo atónito del rostro.
Corazón mío, transgrede estas brumas
o de noche será escaso el regocijo
del beso.
Mi porvenir no puede ser relato de sueños
en la patria de las mariposas
los ojos exhaustos por el vértigo
o el desconcierto póstumo de la rosa
posada en la tarde calurosa.
La luz presente en la redada de la muerte
fumiga dolor y ruido
Anclado en el nuevo cuerpo
forjado con la grana
que le sobra a la divina aurora.

NACEN LAS CREPITACIONES

En la espesura incorpórea del otro bosque
el elixir infaltable de la noche
detiene las marejadas del abandono
inmerso en ruta de alborozos.
Nacen las crepitaciones
desvivido en el cataclismo de las cosas.
Señor: aliéntame del severo declive
que padezco sometido a la sabiduría
que pudre la conciencia.
Te cuento: soy feliz
cuando las ilusiones divinas
maniobran lo que pienso.
Ni solo ni triste
mudo en el arrepentimiento
prefiero la solemnidad de la gota
que se desliza en la corteza

al abrupto ruido de la materia

que desafía a lo intangible

desde la inercia.

ÁSPERA VIGILIA

En la áspera vigilia trasciendo
pleno de silencio y vacío.
Dios es la armonía
que derrota la incertidumbre.
Cosmos: ven a mí
revísteme de tus lejanías
con la pasión del divino testimonio.
Cuán esplendoroso es el lago infalible
en la ruta baldía de la imaginación.
Sustraído, para muestra
no exijo botones.
El amor deshace impune
lo que soy en cada célula.
El rostro de Dios no lo arruga
el incipiente día
que flagela mi lóbulo parietal.

La luz oculta la conciencia

de la garrocha hostil

cuando el sismo de la maldad

pretende derrumbarla

al cesto que ofende su blancura.

En la áspera vigilia

masiva protesta de la tierra

contra la furia que depreda la alegría.

Nada arrea la muerte salvo la materia.

MANÁ AUTÉNTICO

Lluvia de lo ignoto:
ilumina mi conciencia.
¿No ves que el ser no cabe
en su propia vastedad?
Quitadme esta sed de avaricia
carente de encargo espiritual.
Ahógame en tu rocío trascendente.
Sabes, la gota mensajera
es la manzana que apetezco.
El maná auténtico es Dios
alojado en el corazón.
Pido al amanecer
Acaricie las colinas.
Vecina de la ignorancia es la nube fría
que oculta las maravillas de la creación
al instinto racional.

He de morir esta nieve lejos de las aguijadas

porque el aura de la palabra

conecta con lo divino

no con la incertidumbre

que regenta la porfía.

FRESAS FESTIVAS DEL AMOR

Renacido en la luz
conecto con las ilusiones.
Inicio la expedición hacia la eternidad
y el reino.
Recojo las fresas festivas del amor.
Subo al trono para bajar
al divino fondo, a lo orondo del jardín.
Allí el supremo elixir de la conciencia
sincroniza con el perfume de la luz
aliento magistral de los amores.
No hay tiempo perdido
si corre la aurora en mi interior.
en esta fuga tenaz hacia el origen.
Morir nomás y ya no existe
el espacio cruel de alas punitivas
ni el desvelo del mar ni el sufrimiento.

Con la pasión de un dolor

que cierra la alegría

el reto es el paraíso transido

o derrotada

estará la luz en el corazón.

EXENTA DE GANGRENA

Mar, como pintura en mural

emociona las pupilas.

En cada huir de tus olas

el alma queda exenta de gangrena.

Si de algo soy manco

es por el apodo

que se le ocurrió a la abuela.

En Alcalá de Henares

jovencita, jovencita

si queréis buen novio debes tocar

la nariz a Gregorio

o hacer teatro asomada a la ventana

la noche de tus arenas

depredada por la soledad.

Jovencita, jovencita

si en verdad queréis novio

poned de hinojos ante el sagrario

la noche de tu nacer

la omite la memoria.

CANSADO DE VAGAR POR OTRAS PIELES

Al filo de la espuma cabalgo

en el deshielo.

Un furor de sismo sacude

el emblema de los cuerpos.

Reclamo el premio de dormir

sobre la naturaleza a la intemperie.

Dios, menos distante en la ruta

de los besos, me perfila

en el bohío señorial del universo.

Desfavorecido, cómo paliar la angustia

Si la luz no devuelve a mi interior

el efluvio alegre de la existencia.

Vuelvo a la seda

con la que vestiré el alma

y las venas reirán apacibles

en lívida reyerta.

Justo o distraído

en la periferia de los amores

cansado de vagar por otras pieles

enfoco lo compatible,

espectador de silencios

Dios siempre en mi portada

imita lo que hago

cuando abrazo el amor

que me propone

o me empuja al desfiladero.

SOCIO DEL CREPÚSCULO

Extinto el raciocinio

quedo expuesto

a la estampa del fárrago.

No recordaré más la apretadura

del pecho o la flojedad de los molares

en estos caminos estrechos

de cactus beligerantes.

Para qué las palabras

sin significados

con su próspera catarsis

de sombras a torrenciales.

Buen día para evocar lo vivido

con su voltaje de líricas nostalgias

y noches y miradas y distancias.

Se ha extinto mi lágrima emblemática.

El amor no poetiza

con pasión surrealista

este proyecto anarquista de la carne.

Siempre a la vanguardia.

Me detengo. Socio del crepúsculo

no puedo escabullirme.

Se va quedando sin coloquio

el orgasmo

lumbrera creativa del instinto.

Como si la vida agotara

los últimos residuos

aquel minuto que erosiona el talante.

Sin saltos mi pobre chispa

poca cosa edulcora mi pensar

en busca del pan fresco

de la sabiduría.

Me quedo a morir sin relato.

Postrado

hasta el misterio se queda sin enigmas.

CRUDO ORIGEN

Cuando escuches en la reflexión

aquel susurro que remolca las aguas

del imposible laberinto

no arredres pesadumbre.

Es el inconsciente retraído

por el himno del cosmos.

Un silencio que bulle

derrochado en el limbo

para que cesen los afanes

y latiros del ser

en la burda agenda material.

Desde el polvo

alguien te alimentarás

con los primeros gajos de luna

Inspirado en la onda

que forjó tu bondad.

Lo contrario es la lepra extensa

por lo que hiciste mal

requerido por la luz a ser

fraterno en el crepúsculo

hacia el cual huye el desventurado

exiliado por su crudo origen y realidad.

BULLICIO HONDO

Fortuita aventura

nacer implica abandono del origen.

Viene de lejos la vida

viene del lejano perímetro

que nos expulsa como plumieres

de gnomos y espectros

a la nubarada terrestre.

Señor: riega de luz mis entrañas

con el mismo tino que extirpas

el tumor de la conciencia.

Tú eres el bullicio hondo ignorado

Por el amnio.

Larga es la corrida del embrión

desde los veneros del espacio

arrimado al hontanar de la existencia.

Allá es el vuelo que habla

aquí la pisada que escucha.

Allá no siente calor mi viaje

ni suspiros el miedo

recibido el reglazo divino

pase o no canuta

la travesía hasta que me fiche

el gorrión del sepulcro.

Geniecillo del lago sutil

de las estrellas.

ASTUCIA DE MI ABSURDO

Pedaleando

he construido la esperanza

pienso en lo divino

y me enaltezco efímero

y triunfante.

Procuro en la oquedad

no tener sensación de algas.

Reconfortado percibo

la barcaza escalonada

que siempre le sobra a la muerte.

Soy quien ha perdido

los desvelos por conspirar

en la hondura inmanente.

El fruto del espacio

es esta voz que oye el corazón

templado con el amor del universo

y que degusto en callada levedad.

Árbitro de lo invisible y palpable

del futuro y su metáfora

Dios aún está creándome

diluyendo el peso del cuerpo

en la etérea metamorfosis

incomprensible a la astucia

de mi absurdo.

DISGREGADO EN QUIMERAS

Una mirada a lo inasible

apenas encuentro multitud de cielos.

Mi nombre en curso

lejos del solio de los nubarrones

construyo el susurro de pujantes miedos.

He nacido a destiempo

disgregado en quimeras.

El día que no me tiren lanzas

buscaré los corajes de siempre

aquel rostro frente

al chancero sismo del espejo.

REVERBEROS

El rostro desbroza exterminio
juzgado por los desvelos.
Lo encallan suspiros disconformes
nada complacientes.
Resabios de las postrimerías
no apostaré al declive de jubilado.
Tentador del amor sin flema
refrendaré la noche
desde el rocío de la cubierta
redimido en los vórtices
con ganas de colarme
en otro cuerpo
exento de catarsis y reverberos
calle arriba está servida el alba
no desperdiciaré los mejores pétalos
mellado por los años y sus flagelos.

Encuentro la respuesta:

la noche es la catedral del beso.

En lo abstracto carezco

de obtemperados razonamientos.

HACIA TU AMARRO VUELO

Oh rocío, levedad encantada
válete de mi ángel
florecita de mayo.
Hacia tu amarro vuelo
con intención de ahogarme
en la cálida humedad del misterio.
Sopórtame o resucito suave.
Quiero aprender el sabor del alba
y que resbale la noche
 corriendo de los amores
por el líquido barro
que derrama la tarde.
Asúmeme rocío
y seré el consorte del abdomen gigante
que alumbra la divina sustancia
aquí y lejos de los astros.

Hermano: sed bueno

y entrarás al cielo

que te dé la gana.

OCURRE EL PONIENTE

Desvivido en la espesura
ocurre el poniente
de extraños caminos.
Señor: por ti voy lejos
me atrevo a ser inhóspito
forjado en la gracia espiritual.
Perdóname:
un ombligo de mujer
hidrata la mirada
lo demás es paja del litoral
y que no falle el silencio.
Nadie escuche cómo aúllo
en la fuga
cercano al foco de otro cuerpo
los jirones del anochecer.

BLANCA MADRUGADA

Muerte: no me impidas la ilusión

de seguir adelante a pesar del agua fría

que extractan tus eneros.

Te lo pido, aunque al alma le nazcan

tres colmillos de elefante.

Si quieres: corrígeme, tiñe de fiable luna

mi aventura celeste.

El polvo es el último árbitro

de la vida y sus flagelos

y en él no quiero ser inhóspito.

Ubícame en el recinto vago

que arrastra el ser resbaladizo

a tu blanca madrugada

en la primera expedición a lo recóndito.

Sobre todo, déjame escoger

lo que sembraré anclado

en la latitud áspera

sustraído a la nulidad y tus enredos

mi luz traspuesta en lo febril.

Cómo romper los ataderos

en el desenfreno del espíritu.

En el sótano cómoda está la oscuridad

me dedicaré a iluminar tus agujeros.

EN LA RIADA DEL CORAZÓN

Dopado por la alegría de ser
contemplado por las flores
desahogo la ilusión
cercano al amor, a sus trópicos.
Mañana no hay quizás
y desmerezco vivir en la ruta sinodal
con estas ínfulas que embisten
la soledad, sin apuros para besarme
en cualquier orilla.
Oh ser, tú que siempre
procuras lo hondo
desde qué prisma podré ver
el alma expandirse en tus olas
como lluvia que se ofrece al paisaje
en la riada del corazón.

DESCRUZAR LOS BRAZOS

Súbdito de lo perturbable

no sé dónde ubicarme

después de la catástrofe

elijo lo que voy a soñar

 en el desguace del alma.

Echo de menos las distancias.

Voy por buen camino

en un instante llegaré

a la piñata celestial.

Atrás dejo la biopsia

al acantilado de las venas.

Dejo atrás el siseo de los alcantarillados.

No tengo claro descruzar los brazos

vislumbrado el paisaje de la eternidad.

De todos seré gemelo en el sepulcro

cuando me dé de baja la nostalgia

inmerso en la borrasca de la edad.

Mi casa, dónde estará mi casa

debajo de la tierra seré tan vasto

como el rumor cósmico

que siempre ampara la soledad.

LITORAL SIMBÓLICO

Ecléctico, guiado por el afecto
uno mi voz al testimonio
de boscosas increpaciones.
Agregaría la suerte de vivir esta isla
sin el jaloneo de nulíparas cimarronas
aventureras por el litoral simbólico
marcadas por el espíritu de los riachuelos
transgresores del barro
del espeso planisferio del horizonte.
No puede ser menos triste el vuelo
que sustantivan estas montaraces
los hierbazales bajo el espectro
 del fuego litigante.
Desde aquí, yo, duende de los altímetros
recito beneplácitos al árbol.
No me agradan los martillazos
del carpintero.

SUSTRATO OSCURO

Condenado a levantar pesas

desde el día de nacer

un silencio de caracol

zozobra dentro de mí

como se pone el útero nervioso

al contacto ruin.

Dónde recalo.

Qué demonio hondo consagra

esta daga, apuñala al ser

con el sustrato oscuro

que matiza la existencia

para estos gritos contraídos

a la carne.

Escasos son mis jolgorios

ningún coraje siento

por el símil de mi alma

con las golondrinas.

En mi callejear por el polvo

el guiño miserable

no delatará mis andadas inasibles.

NO CONCIBO LA RAÍZ CRUDA

Vida, cuánto me ofreciste:
los sutiles relieves de la naturaleza
y yo desmedido creando desperdicios
con manos hipócritas.
Gracias por el divino perfume
que se inventó la rosa
para alivio de las venas enamoradas.
También por las espinas
porque ellas alertaron
mis pies desprevenidos,
próximo a derrumbarme.
Me diste la sabia para lidiar
con la torpeza de otros
y la propia, convencido
de que fui yo mismo
el que desafió la piedra

y el humo que cubrió la suerte

en mi trajinar por la superficie

con la abulia del que respira

un eclipse en el subsuelo.

Hoy, imbricado el viaducto

del cuerpo

por la llama fría de la tristeza

encuentro el amasijo intemporal

buceando belleza en el espejo

no concibo la raíz cruda

ni el olor a sumidero

en la poca fiesta que me espera.

Digo adiós al filo grueso

que amputa la núbil memoria

mientras repito el bostezo

que nace del asombro

con nuevo estanque de flores

 en las estrellas.

ME DESMORONO COMO OLA

Estoy retribuido

solo Dios dibuja mi destino

en su silencio crezco

no puedo elegir las reglas

acuñadas en el origen

lo no ocurrido

también tiene memoria

en las pesadillas.

Pongo acento a lo indescriptible.

Mi frágil entorno poco verosímil.

Me entretengo ayudando

a otros en el sendero.

Desandado, de mí la vida extrae

lo que vibra

y me desmorono como ola

con entereza proclamo

la fugacidad de la espuma

en el desfasaje marino.

IMBORRABLE SILENCIO

El ave oficiante de los trinos
decanta el tejado del océano.
Oh nube de heroicas golondrinas
portavoz de la lluvia auténtica:
orilla esta piedra al río de mi existencia
desde la hoguera cruel de la agonía.
Mis alas son para volar
en la hondura inhóspita.
Invisible es el alma en la ruta
del destiempo
mientras aprendo a soñar
con las anémonas.
Sin pericia en los huesos, mi cerebro
ha jalonado granitos de otra arena
que no puedo descifrar y aquí estoy
con la narrativa de un imborrable silencio

que gestiona y transita la calavera.

Hijo del tiempo y de la luz

si he de resucitar la eternidad

no es para siempre.

MODESTA ES LA COLINA

Soñado por la luz en otra atmósfera

nada del ser se pudre

tirado al descampado.

Alucina desvencijarme

en la borrasca.

Vasto, vasto es el misterio

que tantea la rosa cósmica.

Tierno el espacio

después de los fragmentos.

Iré pausado como cuece el puchero.

Glorioso y fuerte es el cuerpo

etéreo forjado en la sutil inercia

donde la abeja cena con la flor

y el amor revertido en lo tangible

es bucle permanente.

Ningún error es tan grande

que no disuada la divina floresta.

Modesta es la colina

que me redime donde estoy.

RECREADOS EN LA FE

Aquel silencio subraya

el alma ilesa después del revés

sin la adiposa cicatriz.

Intuyo cómo la suerte retira

los atascos del desvarío febril

y se cumplen los sueños

recreados en la fe.

Mirar hacia arriba me despoja

de la indumentaria del frío.

Sobre mí cae el vértigo feliz

atraído por el faro de otra utopía.

Viviré para correr

no para hospedarme

en el área gris que trasiega

el límite inconcebible

o en la neblina que cubre

la mirada de vuelta

a la chorrera del estío.

No sirven los ciclos

en el paisaje insondable.

Morir es el debut de los enigmas

de vuelta al río blanco

de la espesura que alivia las culpas.

El reto es dónde brotan los afectos

después de lo sutil.

ARRANCIADOS LOS CUERPOS

Puede ser que al arrojarte
sobre mi piel
te pongas blanda por efecto
de las ondulaciones.
Están firmes tus labios
en la gestación del amor.
Fascina el peso de tu alborada.
Te propongo seas la mercenaria
de mi voz en el estreno
de las veleidades.
Viviré para descender a tu caverna
con la intensidad del corazón
que aborda los afectos.
Casi siempre borro lo que escribo
en el revés de ganar
arranciados los cuerpos.

Es tan cómodo este duelo.

Tan cómodo vivir ahogado

en la desembocadura de tu aliento

tuya la castidad del amanecer

que desata las quimeras.

Mía la torpe ideación ontológica

solo brotan rocío tus ojos

inmersos en la oscuridad.

A LA LUZ DE LOS PLUMIERES

En la última friega de la vida
la hora de las abstracciones
me despierta el himno del cosmos.
Inaudible, lo escucho dormido.
Dormido soy materia retraída
gajo del inconsciente
derrochado en el limbo
a la luz de los plumieres.
Oigo la brisa que niega los cantiles
desde la mesana de lo incierto.
La muerte excita nuevas células.
El cielo será mío y no tendré
que rendir cuentas
en la obertura del lejano estío.
Basta a mi propósito.
Cuando cese el afán

en mi caso, no sé cuántos tumores

tengo en la conciencia

por venerar a Dios

desde un espacio hipócrita.

No medraré con lanzas ni anatemas

aunque frívolos sean los truenos

centrado en la misión angélica.

La sangre caída será la líquida aurora

para el inicio de la nueva existencia

desde el divino enfoque.

DESDE LAS CULPAS

No hubo erupción más dulce
que la del amor en esta caldera
de existir, porque aún traspuesto
en el légamo, preservaba la sonrisa
aquellos gangrenados días.
Entonces, allá,
por los arcanos enclaves
mi carne habría corrido lo necesario
tras el estandarte apacible
de tu rostro, escudo de luz
contra el dolor que pretende
recuperar la herida.
Estoy triste porque
me sorprendió la ceguera
sin que me perdonaras
las ofensas recibidas

en el bohío señorial

de los amores, y aquí estoy

perecido en la orilla

lejos del pavoroso leviatán

del naufragio, fortificado

en la ruptura con los alardes

tras el lago dulce de las estrellas

que desde las culpas

indefensa la curia

estremece mis ojos.

ARTIFICIALES SISMOS

Vencida la oscura neblina

acarreo la maleza de los surcos.

Nada callo, lo cuento todo.

Pájaros y lirios saben lo ocurrido

en el orto de mi arrecife.

Yo, cercano a los polvorines

vi correr el alba por el límite limpio.

Mío fue el arrojo que hoy se extingue

sacudidos los derroches cotidianos.

No habrá demonio con ojos de cetáceos

que me devuelva a la fase punitiva

aunque gire como abanico.

Donde voy, el uranio

no madura el núcleo

en el fondo de la maldad derretida.

Humillado los tronos, las medusas

no tejen los conflictos progenitores

de los artificiales sismos.

Está cuidado mi entorno

me enfoco en reparar

el aliento de la naturaleza.

Aspiro vivir en un lugar

de vez en cuando

incomunicado por el río.

CUANDO ACABE LA SOMBRA

No miro hacia atrás, corrijo lo indecible
las máculas de la senda.
No avivo recuerdos de impuras faenas.
Al lado de Dios justo es que no sufra
cuando acabe la sombra.
El próximo manantial
añadiré el faro que cubre las venas
y que renazca la vida
en el beso profundo que recoge la fuga.
Libre de ataduras levanto la antorcha.
No tiene mérito seducir desde
la opulencia.
Anónimo es el paisaje de las ruinas
y lo que el olvido hunde en la desmemoria.
Atascado en el barro, quién sabe
tantas cosas la divinidad profana

tendré otra opción escondida

si la luz no llega a mis recónditos.

Mañana diré lo mismo en la complejidad

del espacio: no viviré apresurado

aunque me estruje los ojos

por la intromisión de la viga ilógica.

Seguiré en los apremios

de la noche larga del amor

comulgando con las flores.

Los pálpitos de la vida son

fuertes y orondos.

Si no sé qué hacer con lo que tengo

inútil es padecer por lo que falta.

NADA CONSTRUIRÉ SOBRE LA ARENA

No habrá molicie de sueños
ni zarpazos sobre el hielo.
Nada construiré sobre la arena.
Abriré la puerta y el donaire de Dios
entrará en la brisa fresca
que calienta las ilusiones.
Increpado en soledad
oiré los entresijos de la muerte
mi cuerpo maleable
entre pasmos de cenizas
esparcidos como vaivenes.
¡Qué bellos arrumacos cantan
las aves de las estrellas
en el porrazo furtivo
que liquida la existencia
y afila la epidermis para el sonrojo

de otros estrépitos

sin las majaderías terrestres!

La muerte no comparte sus secretos

hasta la estación polvórita.

Todas las dudas caben en el relevo

de las ocurrencias

embestido por la ignorancia.

ENVEJECE LA CONCIENCIA

Militante del cenáculo, aislado en el claustro

el cielo me engulle con sus fauces.

La breve silueta del relámpago

acosa la ojeada.

Es la hora de la luz hidalga.

La que cae de la recia divina

como jolgorio galáctico.

Me cuelo en la piel de Dios

enfocado en el último hogar

de la carne, en el botón creativo

y no tengo que estudiar robótica.

Dejo atrás el yeso blanco sobre la rotura.

El bálsamo descreído por la herida.

Es la hora de animar lo complejo.

Ninguna compasión elijo esta noche

que inquiete al ser en el estreno

de la trascendencia

próximo al helado polvo.

No puedo abolir el peso de las cosas

ni la forma de las herramientas.

Confinado, sin restricciones

es triste perderme cuando duermo.

La falta de equidad envejece la conciencia,

GALIMATÍAS Y LASTRES

El desatino mayor es imponerme la condena

de vivir sin compromiso con el divino aliento.

Cuando retiro de los pies del señor las alfombras

soy la nube que mutila su luz del horizonte.

Sumo derrota sino padezco el dolor ajeno

desde el poco ángulo que resiste la brecha.

Solo la vida justa otorga liquidez al alma

para sufragar el vuelo hacia el eternal estrado.

Lo contrario, vagaré los cielos como en la tierra

esquivo Inmigrante sin papeles. Ser feliz implica

ubicar la verdad en el tramo íntimo despojado

de las galimatías y lastres que encierran los círculos.

Dios está en todas partes, pero la mayoría

ignora su paradero, me repliego un poco del andén:

propongo su amor que gusta el gracejo sin rechazo

o aprender el nudo de asfixiarme.

SIN GLAMOUR

En el debut de la vida
incierto como la medida del dolor
cada estrella es un municipio del espacio
al que debo agasajar.
Señor: tú que le diste amenidad al océano
y enciende el candil de la aurora
enséñame el estreno donde brota la senda
o lánguido estaré en la ruta hacia tu luz.
No me digas que estoy clavado sin glamour
en el tajo cruel del sufrimiento.
Imploro, no me dejes en la soez polvareda
que no tarde el sublime regocijo.
Abra el cielo el archivo de los truenos
y vacío de sombra irrumpa el arco iris.
El alma no necesita pulsera de colores
para escalar la gala de la eternidad.

NICHOS DIFERENTES

Cuando alzo la cabeza
el auténtico maná es la luz que recibo
con el beneplácito del que da gracias.
Amar es mi oficio
sin importar el cataclismo.
Lleno de cielo, salgo del vacío.
Prefiero las gotas de la lluvia mensajera
al impío ruido de la materia
y que el alma vuele...
Soy gamberro en un círculo de detención
sin conexión con el cosmos.
Los estándares de la muerte
comprenden algo más que el desconcierto.
En la periferia irreal
alma y cuerpo afanan en nichos diferentes.
En la vaguedad de los instintos

oigo lo imperceptible

aquel trino de la materia

golpeada en su vientre.

RÉMORA DE LOS INSTINTOS

Nada aclara la muerte, es misterio que extiende

sus enigmas. Lobreguez que aprovecha sol o luna

en la complejidad del instante. Candileja que despierta

la raíz para sosiego del alma y sus colinas.

Inercia que anima el tejido de Dios en el espacio

para que podamos distinguir el barro del paisaje

intangible, dejada atrás la neblina camino a lo sublime.

Muerte: reverso que nos disuade el rostro con imagen angélica

al otro lado de la naturaleza no recurrible, arcana y pura.

No hombre: la muerte no es trono de crepúsculo.

Es el arte de reducirnos en el terruño al tamaño

de las dimensiones que construye,

delatados los buenos actos, el día infinito

que trasvasa lo inabarcable de Dios.

Muerte: inmateria y búsqueda en la rémora de los instintos.

EN LA PISTA DE TUS DISTURBIOS

Cosmos: invernado, estoy inmerso

en cañada de incertidumbre.

Despiértame en la ruta

de tus propósitos.

Atráeme y seré remediado

con el imán amoroso

en la pista de tus disturbios.

Sin el amparo divino, vivo encarcelado.

Mi inocencia un fraude

que evade los destrozos de la herida

so pena del naufragio.

Afiliado al trono de la bondad

te ensalzo como un heraldo.

¿Por qué no me revelas

el secreto de la vida

la simiente que prefiere

nacer en oscuridad?

Vencido el resorte artificial

a Dios lo reconozco

cuando su amor tan grande

desplaza al corazón de su guarida.

Aunque discurra en ríos de pobreza

levantaré la copa en la sutil eternidad.

HORQUILLA TRISTE

Señor: yo sé que el enclave de la vida
lo fortifica tu amor, tras la conquista
de tu corazón.
Abona mis huellas en las estrellas.
Cálame en tu lago dulce.
Remata esta mirada gris
hacia lo indecible y seré el ave tranquila
que podrá huir del sepulcro
con ruta al divino espacio.
Liviano es el metal que forja mis alas
corriendo a tus flancos.
Tú, Cristo de las auroras
de los verticilos amaneceres
que bautiza el alba.
Grande es el jaleo que siento en el pecho
Te miro desde el ángulo atemporal

del cosmos con el vestuario y calcetines

que da riendas al alma

para que ardan tus propósitos.

Disruptivo, será el vuelo

cuando acampe en el polvo

sombreado por el rayo

termino la horquilla triste

como fiero militante de la tierra.

OÍDOS EXTRAS

Señor: un complot a favor de mí tiene tu corazón

no puedo manejarme sin tu rostro

si no estás-- obligado a beberme el hielo---

ocurro en caída. El día es un simple trato

con la vaguedad. Gracias a tu amor,

el olor a tierra me sustenta.

Oh maravillosa terapia de la naturaleza

sin otra historia que contar

interpreto las líneas de tu cuerpo.

Dame, salvador, oídos extras

para escuchar tu voz

y tiraré las angustias al despoblado.

Aterrado de mí vivirá el cocodrilo.

Pierde el infierno la majestad

cuando tus ojos alivian lo que pienso.

Por qué no volamos hacia la mar

ocupados en el regocijo de las células.

En tu podio, no hacen falta oraciones

que hacen aburrido el camino.

Yo espero que en la muerte

me nazcan otros cromosomas

que anulen el coraje de vivir sin tu luz.

PATADAS EN LOS OJOS

Esta búsqueda de lo absoluto

crea vínculos con el alto júbilo

de renunciar a la materia y sus códigos

de elementos naturales o tangibles.

Solo intento conocer el camino.

Me entrego a la opción de vivir alejado

de las orillas. En algún lugar

encontraré lo perdido.

Babeado hasta la médula,

recibo patadas en los ojos.

Usuario de la divina primavera

estoy atrincherado contra las ambiciones.

Contra el clima hostil de las espinas.

Tantos sueños quitados

por el humo inconsulto en las pupilas

me redime el amén intenso

caldeado en las desesperaciones.

He degenerado los tendones

convencido de que soy mi propio gendarme

iré a vivir a la nebulosa de Carina

agredido por mis desastres

sin los reproches, escollos o fluctuaciones.

Vencido por la rutina me iré con la furia

de un fuego avivado en los desgarros.

Agradecido, enamorado, será

el corrimiento. Ya tengo suficiente:

un mundo de más drones

que aves, prefiero el ratón

que se mete a los jardines.

Si no muero hoy, radicaré en Derinkuyo

o las fosas de las marianas.

DIAMANTE SENSIBLE

Ahora, viejo, hacia dónde nazco
sin las alimañas que barrenan la existencia
otra entraña me espera débil
para dar los primeros pasos
sin tambalearme como sucede
en la inocencia.
Vivir es solo una forma de transitar las grietas
hacia el diamante sensible
a esta larga estancia del hielo.
Óigalo todo el universo:
 la muerte no es segura.
Morir no es caer a la corte de bacterias
que en el oscuro hoyo pastan la carne
sin dar tregua.
No he llegado lejos
pero lo suficiente para saludar

el fuego clemente que me espera

con el ego de la rosa en el pecho

y el coraje de la luz en lo tenebroso.

Dios es el río maestro

que irriga la naturaleza que llevo dentro.

Oh amoroso palpitar de la conciencia.

Dadme la cofrada para sentir

la santa paz de la raíz

que espía carbono en el subsuelo.

Mi piel poco duchada

no volveré a este reclusorio.

Hay muchas alegrías que entristecen el alma.

CELESTE MERMELADA

El día más pensado sufriré de bien de amores
confinado entre pesares.
Recordar es echar de menos
los buenos amigos del pasado.
El beso que dimos en lo oscuro
 de los callejones.
El plan de la vida tiene segunda parte
en lo exquisito de la celeste mermelada.
Pensaré cómo dibujo los pedazos de la tarde
cómo se gana la esperanza
con los brazos bien cruzados.
Alguien que se llama madre, de pequeño
me agarró de las manos, del corazón
ahora que soy grande.
Desde el cielo la eternidad es el fresco verano
que traslada el amanecer a la aurora del
alma.

Amoroso palpitar de la conciencia divinizada.

Nadie ha podido dejar de ver a Dios

un solo instante

Él es el rostro de todo lo inefable.

La pobreza espiritual es peor que la ignorancia.

Muchos de los aplaudidos

aquí reverenciados

en el cielo tienen estatus de bacterias

o ruines inciviles.

Juro por ellos desprecio arcano.

no poder ayudar al otro

es la peor de las pesadillas

que maúllan en el cerebro.

NUNCA SERÉ SOLDADO

Nunca seré soldado.

Nunca reprocharé otra bandera.

Es mi himno, mi consigna.

Hasta me duele la sangre

que brota de las rosas

amputadas por las tijeras.

Pregúntenselo a la mañana.

Viva la luz, viva la vida.

Nunca descenderé

con las agallas blandas

al sótano de otras venas.

Mejor iría a vivir a la fosa de las marianas.

Nunca empuñaré con ojos de cetáceos

la esgrima que pretende otra cabeza.

Nunca seré soldado

para qué la pólvora en el pecho

mi única patria la humanidad

que proclama la justicia

desde el alba hasta el poniente.

Nunca seré soldado y que florezca la paz

en la tierra y corazones.

No puede ser bendito el trecho

por donde el odio corre.

Nunca seré soldado, nunca seré gendarme

y que me perdonen los colores

que flamean los pabellones.

Mejor le canto al pájaro que le tributa albas

a la rama que lo acoge.

Nunca será soldado.

DESAFÍA EL ELIXIR

Cuando el ángel canta desde mi interior
siento a mediodía que no ha amanecido.
La tristeza pone viejo el corazón.
Con infrecuente perfil
la experiencia olvidable
de la luz me incorpora a lo sutil
sin los atuendos roídos de la existencia
y los caprichos oscuros.
No es fortuna distanciarme
de la aurora que presagia
la vastedad de Dios
en el ocaso refulgente de la tarde.
Temprano las células están felices
cuando la imaginación
trasvasa los muros.
La honda del rayo de la muerte

está en marcha.

El ángel no me deja en el sepulcro

última colina fatal que desafía el elixir

mientras abre la pesada puerta

de la soledad hacia el río limpio.

Señor: lee mis apuros, avatares.

No es cosa de mirar de bruces.

El milagro que te exijo es pequeño:

que el otro mundo sea este mismo

 sin el sobrepeso del alma

  por las copiosas ambiciones

manadas de la carne.

USUARIO DE LAS INTRIGAS

Qué regocijante
recoger la vendimia fraterna
en comunidad de estrellas.
Sépanlo ateos
palabreros de cerebros macilentos.
Nunca serán loados mientras proclamen
la evolución de la naturaleza.
La luz no atiende
al que le crecen los labios
para las ofensas.
Cuando crean que todo ha terminado
ya verán cómo el misterio
fortalece lo débil
para que el justo sea puntero
en las dimensiones.
¿Por qué no acuñan su rostro

en el origen?

¿Por qué no contemplar

el agua creativa de lo incierto?

En Cristo encontrarán los recursos

para contemplar la divina belleza.

El usuario de las intrigas jamás trasciende.

LE ECHA EL ÓRDADO

Prófugo de la luz.

Lejos del ruido, del silencio.

El despertar de la muerte

mana chorrada de vida

y desconcierto

al ser proclive en lejanías.

Dejo atrás el sambenito de la niebla.

También la materia

experimenta latidos cuando regocija.

Se apagan las pupilas para siempre

cuando otra luz le echa el órdago

al atrevido meridiano de los ojos.

 Porque el sentido de la muerte

infunde claridad

a nuevas expectaciones.

NACER ME DEJA SIN ORIGEN

Prendido de la mano del universo

las cosas tienen otra latitud

oculta a mi tosquedad.

Es la hora de deshojar las margaritas.

Mañana tendré otro origen

en el viaje a la soledad

de lo desconocido.

Porque la vida es esencia

a pesar de lo tangible de la carne.

Siempre herido por el impacto

del espacio

nacer me deja sin origen.

Poco razonable

lo más bello del cosmos

ocurre en el corazón

me espero a si mismo

en un punto incierto.

Esta vida es la naturaleza tangible

de lo divino que un día la muerte

presentará a la majestad del alma.

ENREVESADA TRISTE

Navegando siempre en aguas turbias

doy pábulo a las especulaciones

el alma poseída por la mar.

Es azúcar que trae la marea

a los ojos en cada ola

que va y viene sin cesar.

No hay incordios posibles

que desconsagre lo que siento

transido en los farallones.

En la enrevesada triste

sin ningún resquicio de rocío

mitigable a la soledad.

Vivir para compartir recuerdos

es lo que resta

la tengo gorda con chorrada de lágrimas

después de ubicar la nostalgia

como un petardo

en el corazón de ayer.

Me decanto a favor de cualquier expolio

de la existencia.

Si el dolor persiste en zarandearme la piel

nadie habrá escuchado mi pasión

por alejarme de las pesadillas.

LUZ INTRATABLE

Camino hacia lo etéreo

nuevas urgencias signan el camino sutil

desde el púlpito de la celeste naturaleza.

La muerte no es la feria macilenta

que habrá de entregarme

la vendimia fraterna

inquieto desde la inercia

lejos del espeso vientre de la materia

o del acomodo palabrero de las cosas.

Al universo entregaré mi callado pulso

y la mirada fortalecida en lo débil de la rosa.

Oh luz intratable, derróchate en mi corteza.

Qué puedes hacer por mí

empecinado el martillo

en golpear la conciencia.

Te ruego quédate inquieta

en la última madurez.

Vela por el núcleo hasta que

mane vida otra vez

con el apoyo de las estrellas.

PRONTO HARÉ LA PRUEBA

Militante del abrazo solidario

sé que las flores que no dan frutos

engalanan mejor la naturaleza

como la lluvia de lo abstracto

el plenilunio que da relieve

al trigo y las albas.

Buscaré la forma

de estirar el rocío

a la medianía de la tarde.

No es justa la gota de fuego

que salpica el alma.

Puntero en la tierra

pronto haré la prueba.

Sino trasciendo seré

un proyecto de Dios fallido

con esta uremia y nostalgia

concentrada en las venas.

UN CIELO DE RODIO

No es el olvido.

Es la onda fría

de unos vagos recuerdos

en la memoria helada

cual pardos castañares

de otros feudos

o el colirio de entonces

por los reglazos

 a lomo de pupitre.

En soledad

para cuando exista el tiempo

un cielo de rodio

me ofrece el destierro

cabreado en este hábitat.

Todo ser tiene una estatura invisible

Que linda con la temporalidad.

Avezado a fundirme

en el subsuelo

no permaneceré inanimado

concretado el tránsito polvoral.

ENTRE LA LLUVIA Y LA ESPERA

Entre la lluvia y la espera

el tigre de la vida

saltó desde la rama

inexplicable y profunda

y aquí estoy anclado en este cuerpo

proclive al rapto lastimero

de la intriga.

Soy quién ante el rocío

de la muchedumbre

dejo atrás la triste dobladura

en pleno manantial de las esferas.

En el desgano

cruzo el universo con delirio.

Tendré tantas vidas

como estrellas

en el trasluz imaginario

 tensionado por el mutis y otras fugas.

Tengo la dicha de sucumbir al amor

que atiborra el estanque del alma

para que el dolor no colapse los sentidos

cuando me paseo por sus lunas.

CONCILIAR CON LAS PIEDRAS

En cada recuerdo

solo nostalgia orina el alma.

Nunca será tarde

para que la muerte me escale

en la encrucijada.

Tanto consumo del cuerpo

y este dolor en las células

más caras.

Inhóspito es el trono de la luz

si no puedo conciliar

con el hermano.

En nada la materia me ensancha

ni los falsos recodos subjetivos.

UMBRAL DE LAS ESFERAS

Un instante escarbo la invisible

pedrería de la naturaleza

proclive a labrar mi fantasía.

Mi vuelo de escaso plumaje,

arrastro los átomos necesarios.

Cómo apaciguar las quimeras

del incipiente día

en el callado umbral de las esferas.

Dejo atrás lo complejo de la vendimia.

Oigo al rayo publicar

su trino de pájaro eléctrico

entre las nubes y el lago

de corvos límites.

En la búsqueda, algo ilumina

el cieno triste

huido de la superficie

incomprensible al diminuto cavilar.

Honda, muy alta,

es la caída de los instintos

en curiosa levedad irracional

cualquier amanecida

convertido en resguardo de las penas

ajenas y las mías.

SANTO TOMÁS NO PUDO VER A DIOS

1

Señor: se me ocurre suplicar tu imagen

y veo más clara tu majestad

en lo oscuro de lo inasible.

Imposible que te ocultes

aunque la nube cruce por mis ojos.

En Ti la pureza de lo infinito.

En Ti la cordura del universo.

Tú mismo la claridad del Todo y de todo

a pesar del relave de cobre

que insulta tu palabra, tus propósitos

desde la luz hasta los abrojos.

2

Señor: se me ocurre pensar

que eres el susurro del beso

que afina el corazón prendado

para sentirme inmortal

en el torpe escondrijo de la ternura.

Tú, el vientre que ensambla la vida.

Tú, la esperanza en la muerte

cuando el latido se fuga

con el expolio y enhebro

que socaba el cuerpo

más allá de la herida.

3

Porque Tú, mi Dios, eres de día

el río limpio que riega la espiga.

La poca sombra que festeja el desierto

o la arena que permite

la floración del jote

a pesar de las llamas del tiempo.

Te veo en la misericordia del buitre

que no abusa del débil animal herido

hasta que la muerte

lo cumple en el bosque.

Porque eres Señor el amor

y el otro amor que de noche

se alternan puntuales en la penumbra.

Te miro con asombro con ahínco

en el rito del río que después de la crecida

corrige la ruta.

4

Tú, señor, presente en el encanto

de las estaciones, bautiza el nido

con el perfume y recompensa

de la vendimia fraterna que se aparea

con la lluvia lisonjera

para multiplicar las ramas

y dividir el sustento

que le resta a las especies.

Dios es el origen

de todas las variables.

5

Se me ocurre ver a Dios

en el mar de febril contenido

o en el ruido que dentro de mí

hacen las constelaciones.

Aquellos mundos sin corrido de sangre

o rumiante lacerado en el camino largo

donde la luz pone acento

a lo indescriptible

del extraño paisaje que no explora

mi pobre imaginario

en el atípico devenir de lo absoluto.

6

A Dios lo observo en el entorno frágil

poco sostenible y fantástico

como el frío que a veces

siento en el verano

o el calor que en ocasiones

ofrece el invierno.

Debo decir las cosas claras:

Santo Tomás no pudo ver a Dios

en el diseño que ilustra la telaraña

sin dedos lastimeros

o en la líquida vestimenta del agua

con sed enamorada de raíces.

7

No tuvo recursos

para contemplar a Dios

desde las reglas acuñadas

en el origen

ni en el amor bien orbitado

que engalga el corazón

desde el trono invisible.

Ahora sé que fue en vano su ayuno.

No supo ver a Dios

en el falso relámpago

que ocurre en la vida

cuando cesa el temporal

que dejan los sueños incumplidos.

Pobrecito, pobrecito: no pudo identificarlo

ni ser cómplice del amoroso sismo

que llena los cuerpos de ternura

naciente de la vaguedad intangible.

8

Se me ocurre pensar

que Santo Tomás era ciego

no pudo ver a Dios

en el rayo que de día

prende fuego a la jungla

o en la noche que lo apaga

con la húmeda sombra

que plagia la lluvia

en el mentidero de la naturaleza.

No pudo Santo Tomás ver a Dios

en la armonía del caos inasible

porque lo absoluto siempre

está en pugna

con los sentidos

en la basta configuración del universo.

Precaria es la velocidad de la luz

para llegar al vacío de sí mismo

si el hombre no comprende

que la distancia

que lo separa de lo sutil,

no es lo lejano,

sino el límite certero de la creación

que habita cada pensamiento,

rondándonos hasta la mudez

hipócrita del polvo.

9

Por qué no ver a Dios en el instante

que no cesa de ocurrir,

es necio el que no lo contempla

en el rocío del amanecer

o en el amor que espía

el distraído corazón

escoltado por los dos divinos ángeles:

el de la pureza y la sabiduría.

Cuando aprendemos a ver a Dios

en la planicie del amor,

el día que pasa

no es un ciclo del pasado

sino un episodio del porvenir.

Biografía del autor

Oscar de León Silverio nació el 10 de abril de 1953 en Palmar Abajo, Villa González, Provincia de Santiago República Dominicana.

Ha publicado los siguientes poemarios:

1) Por las rutas del dolor.

2) Nostalgia de lo eterno.

3) Los poemas que Dios me dijo en su silencio.

4) Carta a Bruno y latir de la muerte.

5) Solo el otoño transitamos.

6) Desvelos resumidos.

7) Ya se acerca el principio.

8) Esta muerte es fuego que salva.

9) Cautivo por la luz.

10) Luz inasible.

Correos del autor: osscarsilver@gmail.com,

osscarsilver@hotmail.com

Móvil: 809 444 2633

Índice

5. Dedicatoria al historiador Alfredo Rafael Hernández Figueroa.
7. Oscar Silverio un poeta inmenso, por Yky Tejada.
13. Bendice el recorrido.
14. Cauto entresijo.
15. Alma correspondida.
16. Raudo pulsar.
17. Intangible costa.
18. Divina aurora.
19. Nacen las crepitaciones.
22. Áspera vigilia.
24. Maná auténtico.
26. Fresas festivas del amor.
28. Exenta de gangrena.
30. Cansado de vagar por otras pieles.
32. Socio del crepúsculo.
34. Crudo origen.
36. Bullicio hondo.
38. Astucia de mi absurdo.
40. Disgregado en quimeras.
41. Reverberos.
43. Hacia tu amarro vuelo.
45. Ocurre el poniente.
46. Blanca madrugada.
48. En la riada del corazón.

49. Descruzar los brazos.
51. Litoral simbólico.
52. Sustrato oscuro.
54. No concibo la raíz cruda.
56. Me desmorono como ola.
58. Imborrable silencio.
60. Modesta es la colina.
62. Recreados por la fe.
64. Arranciados los cuerpos.
66. A la luz de los plumieres.
68. Desde las culpas.
70. Artificiales sismos.
72. Cuando acabe la sombra.
74. Nada construiré sobre la arena.
76. Envejece la conciencia.
78. Galimatías y lastres.
80. Sin glamour.
81. Nichos diferentes.
83. Rémora de los instintos.
85. En la pista de tus disturbios.
87. Horquilla triste.
89. Oídos extras.
91. Patadas a los ojos.
93. Diamante sensible.
95. Celeste mermelada.
97. Nunca seré soldado.
99. Desafía el elixir.

101. Usuario de las intrigas.
103. Le echa el órdado.
104. Nacer me deja sin origen.
106. Enrevesada triste.
108. Luz inasible.
110. Pronto haré la prueba.
112. Un cielo de rodio.
114. Entre la lluvia y la espera.
116. Conciliar con las piedras.
117. Umbral de las esferas.
119. Santo Tomás no pudo ver a Dios.
129. Biografía del autor.

Made in the USA
Middletown, DE
13 March 2024